MAPA DA POESIA

Poços de Caldas

Copyright © Pioneira, 2025
Todos os direitos reservados

Texto: Hugo Pontes e José Santos

Ilustrações: Iêda Alcântara

Assistente Editorial: Paloma Comparato

Publisher: José Carlos de Souza Júnior

Operações: Andréa Modanez

Revisão: Tatiana Costa

A reprodução não autorizada desta publicação, no todo ou em parte, constitui violação de direitos autorais (Lei 9.610/98)

A grafia deste livro segue as regras do Novo Acordo Ortográfico da Língua Portuguesa.

Dados Internacionais de Catalogação na Publicação (CIP)
(Câmara Brasileira do Livro, SP, Brasil)

Santos, José
  Mapa da poesia : Poços de Caldas / José Santos, Hugo Pontes ; ilustrações Iêda Alcântara. -- São Paulo : Editora Tapioquinha, 2025.

  ISBN 978-85-68843-37-6

  1. Poesia - Literatura infantojuvenil I. Pontes, Hugo. II. Alcântara, Iêda. III. Título.

23-258815   CDD-028.5

Índices para catálogo sistemático:

1. Poesia : Literatura infantil 028.5
2. Poesia : Literatura infantojuvenil 028.5

Eliete Marques da Silva - Bibliotecária - CRB-8/9380

Pioneira Editorial Ltda.
Estrada do Capuava, 1325 Box M
CEP 06713-630 - Cotia - SP - Brasil

contatoeditorial@pioneiraeditorial.com.br

MAPA DA POESIA
Poços de Caldas

Hugo Pontes

José Santos

Ilustrações: Iêda Alcântara

"Mapa da Poesia" é uma coleção para leitores de todas as idades, criada pelo escritor José Santos e pela designer Iêda Alcântara. São livros delicados, nos quais as ilustrações conversam com o texto e, nas palavras, a geografia se encontra com a poesia.

A coleção transporta seus leitores para diferentes quadrantes do mundo, e sempre há um escritor local convidado.

Neste volume, nos debruçamos sobre o mapa da mineira Poços de Caldas, com a participação especial do escritor Hugo Pontes, mineiro de Três Corações e de coração caldense. Hugo, além de poeta, com cerca de trinta obras publicadas, teve uma longa carreira como educador.

Publicada pela Editora Tapioquinha, a coleção chega ao quarto volume – fruto da parceria com o Flipoços que, em 2025, completa 20 anos dedicados ao livro e à leitura.

As imagens de Iêda fazem um voo sobre o patrimônio local — natural, imaterial e histórico.

Poços de Caldas é a primeira cidade brasileira no Mapa, que antes percorreu Portugal em três volumes abordando o país e os municípios de Óbidos e Lisboa, os dois últimos com Alexandre de Sousa como poeta convidado.

"Mapa da Poesia" é uma coleção para todos: leitura prazerosa, uso em escolas ou como presente literário. Seus livros delicados – onde ilustrações e poesia se unem – são ideais para turistas e amantes da cultura, além de trabalharem temas educacionais como História, Geografia e Artes. Nas quadras leves, um convite a viajar sem fim pelos caminhos de Poços de Caldas.

CACONDE

DIVINOLÂNDIA

SÃO SEBASTIÃO
DA GRAMA

POÇOS DE CALDAS

ÁGUAS
DA PRATA

ANDRADAS

BOTELHOS

BANDEIRA
DO SUL

CAMPESTRE

CALDAS

Serra de São Domingos

Uma referência em mil,
E o Cristo no azul anil,
Olhando as águas e a mata
Vigiando a quem desmata.

H.P.

Monumento natural
Patrimônio da paisagem
Quem faz trilha até lá
Nunca vai perder viagem.

J. S.

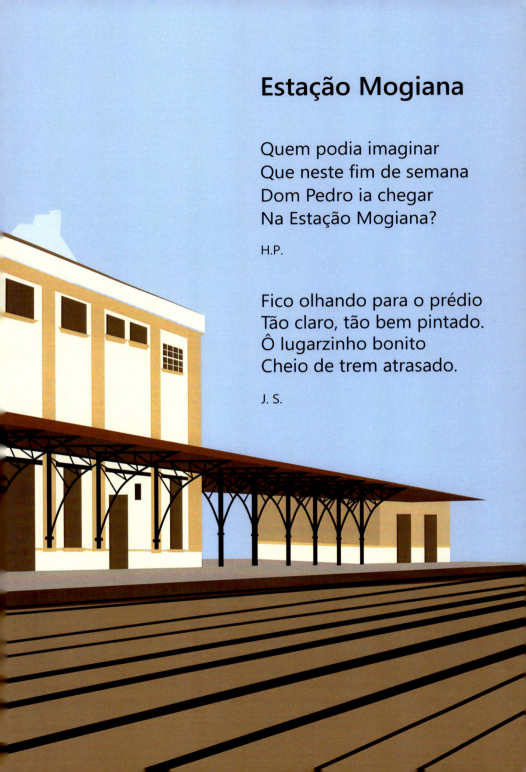

Estação Mogiana

Quem podia imaginar
Que neste fim de semana
Dom Pedro ia chegar
Na Estação Mogiana?

H.P.

Fico olhando para o prédio
Tão claro, tão bem pintado.
Ô lugarzinho bonito
Cheio de trem atrasado.

J. S.

Palacete da Prefeitura

Casarão de bela arquitetura,
Feito com arte e escultura.
Para servir a cidade,
Como sede da Prefeitura.

H.P.

De fora, lembra a Europa
Com sua torre central.
E de dentro, tá bem cheio
De mineiros, que legal!

J. S.

Museu Histórico e Geográfico

Prédio histórico legal,
Onde a cultura habita.
É o espaço ideal
Rico museu pra visita.

H.P.

Lá eu vi berrante e livro,
Homem, mulher e família,
Moeda, nota, jornal
Prato, quadro e mobília.

J. S.

Igreja de Santo Antônio

É uma igreja e uma história
Vivas em nossa memória,
Onde o povo ia rezar
E o santo aclamar.

H.P.

Essa igrejinha primeira
Traz a memória mineira.
Vemos que não somos sós,
tanta gente atrás de nós.

J. S.

Casa da Villa Prates

Foi isso mesmo que ouvimos,
Conde de Prates ia chegar,
Para em Poços construir
Um palacete e morar.

H.P.

Caprichou no palacete,
Mobília cara e bonita.
Todo mundo quer convite
Para fazer uma visita.

J. S.

Chalé Coronel Procópio

Ao olhar lá na colina,
Um belo prédio se avista.
Com o sol que o ilumina,
O Chalé é uma conquista.

H.P.

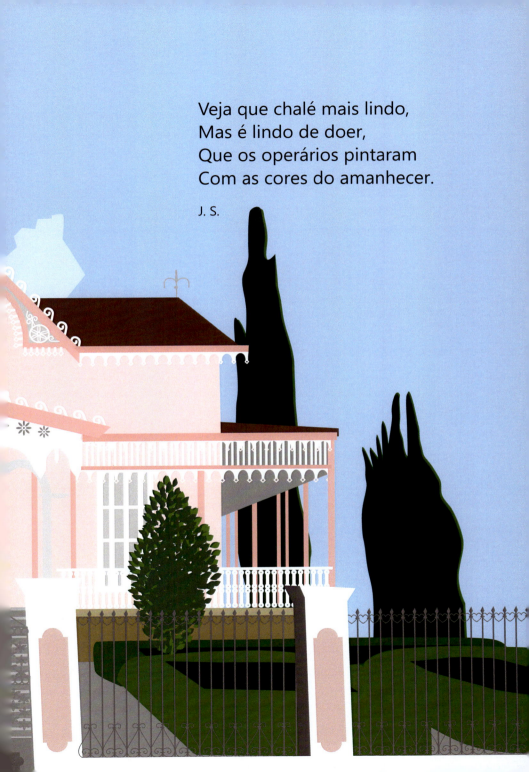

Veja que chalé mais lindo,
Mas é lindo de doer,
Que os operários pintaram
Com as cores do amanhecer.

J. S.

Thermas Antônio Carlos

As Thermas com seus vitrais,
São azuis, verdes e rosas.
Um lugar lindo demais
Entre águas sulforosas.

H.P.

Fui cedinho para as termas
E fiquei bem relaxado.
É tanto tipo de água,
Como é bom ficar molhado.

J. S.

Igreja da Matriz

Primeiro chegaram as águas,
E vieram em boa hora.
Com elas veio a matriz,
Da Saúde, Nossa Senhora.

H.P.

Foi obra bem demorada
Gastou tempo na pintura
Olha o tamanho da torre...
É torre de muita altura.

J. S.

Livraria Vida Social

Longe no banco escolar
Era na Livraria Social,
Para ler e se informar,
Que o caldense ia comprar.

H.P.

Seu dono amava as obras
Até a raiz dos cabelos.
Tinha ciúme dos livros!
Não gostava de vendê-los.

J. S.

Flipoços

Construída com esforços,
Na cultura alicerçada.
Vinte anos do Flipoços,
Toda uma vida alcançada!

H.P.

É livro, é muito livro
Escrita do chão ao céu.
As árvores cá de Poços
Já dão folhas de papel.

J. S.

Viveiro das Aves

Foi seu Xixo quem criou
Espaço de muito amor,
Viveiro com gosto e graça.
Cheio das aves em flor.

H.P.

1. **Serra de São Domingos**
Tombada em 1989 como Patrimônio Paisagístico e Monumento Natural de Minas Gerais. Seu ponto mais alto tem 1.686 metros, onde está instalado o monumento do Cristo Redentor, inaugurado em 1958. Ali fica também o teleférico da cidade, o maior do Brasil, com 1.500 metros de percurso.

2. **Estação Ferroviária Mogiana**
Sua construção começou em 1883 para facilitar o transporte de mercadorias e de café, que era produzido em São João da Boa Vista e região. Foi inaugurada em 1886 com Dom Pedro II presente.

3. **Palacete da Prefeitura**
Localizado na Avenida Francisco Salles, o prédio foi inaugurado em 7 de maio de 1911 e após 113 anos como sede do governo municipal, foi tombado pelo patrimônio histórico em 2024.

4. **Museu Histórico e Geográfico**
Fundado em 1972 em celebração ao centenário de Poços, ficava originalmente no Country Club da cidade. Em 1996 foi transferido para o edifício atual, na Villa Junqueira, construído no final do século XIX.

5. **Igreja de Santo Antônio**
Essa igreja erguida em homenagem a Santo Antônio foi a primeira da cidade e serviu de matriz por muitos anos, até 21 de setembro de 1913. Sua construção é de 1882, feita de pau a pique.
Ela fica na rua São Paulo, no centro da cidade.

6. **Casa da Villa Prates**
Para quem quiser dar uma olhada nessa casa construída em 1886, ela fica na rua Junqueiras, em frente ao parque. A propriedade era da família do Conde Eduardo Prates e conta com mais de 30 cômodos. 30!

7. **Chalé Coronel Procópio**
Situado na rua de mesmo nome, nº 118, é uma construção de grande valor histórico, tombada pela Prefeitura. Mas veja bem, nada ali vai ser derrubado. O termo "tombamento" do patrimônio histórico é

justamente o contrário, significa que o imóvel será preservado e protegido pelas instituições públicas.

8. Thermas Antônio Carlos
Essa linda construção foi inaugurada em 1931 e tinha 120 banheiras de porcelana! Desde aquela época atende pacientes de muitos lugares do Brasil. Em uma sala dentro do prédio é possível conhecer os aparelhos médicos que eram utilizados nos tratamentos.

9. Igreja da Matriz
Com uma longa cruz azul e estrutura externa de tijolos, a Basílica Nossa Senhora da Saúde ou simplesmente Igreja Matriz, foi construída em 1937 por Otávio Lotufo. Seu estilo neorromânico é inspirado na Igreja de Saint-Jacques de Dieppe, na França.

10. Livraria Vida Social
Seu primeiro nome foi Agência Scalabrino, quando foi fundada na década de 1920 por Ugo Scalabrino, um italiano que viveu em Poços. Ela só ganhou esse nome com o dono seguinte, Cornélio Tavares Hovelacque. Antonio Candido, reconhecido crítico literário, foi um frequentador assíduo da livraria.

11. Flipoços
O Festival Literário de Poços de Caldas (Flipoços) aconteceu pela primeira vez em março de 2007, em paralelo à Feira Nacional do Livro da cidade. Nesses anos, já estiveram presentes diversos autores, dentre eles Ariano Suassuna, Rubem Alves, Luis Fernando Veríssimo, Nélida Piñon, Moacyr Scliar, Adélia Prado, Ziraldo, Ney Matogrosso, Ignácio de Loyola Brandão, Mary Del Priore... Isso só para citar alguns.

12. Viveiro das Aves do Seu Xixo
Este ponto turístico fica no bairro Bortolan e abriga hoje cerca de mil pássaros de mais de 200 espécies! O percurso tem por volta de 1,5 km e conta também com outros animais como jabutis, veados-catingueiros e antas. Era um viveiro particular, criado pelo senhor Moacyr Carvalho Dias, o seu Xixo, um apaixonado pela causa das aves e da sua preservação.

José Santos

Escritor brasileiro que pesquisa a cultura popular brasileira e a literatura para crianças e jovens há mais de 20 anos. Criou com Iêda Alcântara esta coleção de livros que mesclam imagem e poesia. Outras parcerias resultaram em títulos como "Maluquices Musicais" e "A Divina Jogada" com Guazzelli, "Rimas da Floresta" com Laurabeatriz e diversos livros da Turma da Mônica com Mauricio de Sousa. Com Alcy, o "Almanaque da Bola", "Vamos tocar o ABC" com Eliardo França e "Crianças do Brasil" com Claudio Martins. Além disso, fez vários livros com os jovens escritores Jonas Samaúma e Miguel Worcman, seus filhos. Já publicou mais de 60 títulos entre obras autorais e de escrita colaborativa.

Iêda Alcântara

Estudou para ser engenheira e construir casas e estradas, e construiu. Trabalhou como atriz, consultora de *marketing*, abriu uma editora infantojuvenil no Brasil: a Motirô, tornou-se *designer* editorial, até que decidiu escrever e ilustrar suas próprias histórias e de outros também. Publicou *Quem disse que eu disse o que eu não disse?* (acervo literário da Rede Municipal de Ensino de São Paulo), *Cadê a minha chave?*, e ilustrou o *Voa, voa* e todas as edições desta coleção. É coordenadora do Centro de Estudos e Pesquisa da Operação Nariz Vermelho e lá escreveu *Um dia de consulta* e organizou o *Dicionário do Doutor Palhaço*. Vive em Lisboa. É especialista para seleção do Selo Caminho da Leitura da Câmara de Pombal, em Portugal.

Hugo Pontes

Nasceu em Três Corações-MG em 1945. É formado em Letras com especialização em Literatura. Iniciou suas atividades literárias na década de 1960, participando de grupos de poemas experimentais no Brasil e no exterior. Publicou diversos livros com temas voltados para o poema visual e para a pesquisa histórica. Reside em Poços de Caldas-MG.

Agradecimentos

Isabele Maran Pontes
Equipe GSC Eventos
Família Pontes
Família Corrêa Ferreira
Escolas públicas de Poços de Caldas
Osvaldo Alvarenga

Vinte anos de Flipoços são vinte anos de resistência, paixão e celebração da literatura em Poços de Caldas.

Criado e realizado pela GSC Eventos Especiais, o festival nasceu do desejo de transformar a cidade em um polo literário e cultural, levando conhecimento e reflexão a todos. Ao longo dessas duas décadas, muitos desafios foram enfrentados. Em constante reinvenção, o evento continua firme no compromisso de conectar leitores, escritores e ideias. Cada edição é um ato de amor e persistência.

O Flipoços se tornou mais do que um festival – é um movimento que faz de Poços um verdadeiro berço da literatura reconhecido em todo Brasil.

Gisele Corrêa Ferreira
Idealizadora e curadora do Flipoços